THiLO

Wir wollen ins Finale!

Mattis riskantes Spiel

THiLO

WIR WOLLEN INS FINALE!

Mattis riskantes Spiel

Band 2

Mit Illustrationen von Jürgen Rieckhoff

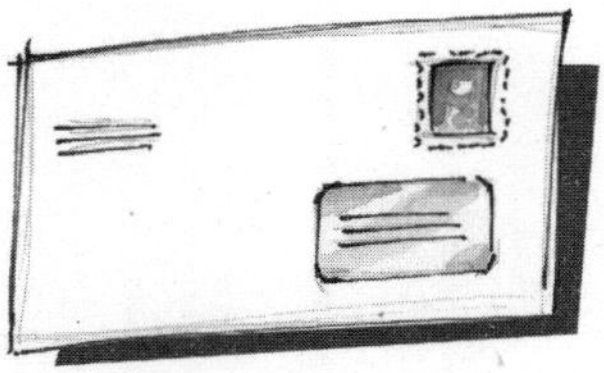

Ravensburger Buchverlag

Bibliografische Information der Deutschen Nationalbibliothek:

Die Deutsche Nationalbibliothek verzeichnet diese Publikation in der Deutschen Nationalbibliografie. Detaillierte bibliografische Daten sind im Internet über *http://dnb.d-nb.de* abrufbar.

MIX
Aus verantwortungsvollen Quellen
FSC® C114500

Das für dieses Buch verwendete FSC®-zertifizierte Papier liefert Arctic Paper Mochenwangen GmbH

1 2 3 16 15 14

Umschlagillustration: Jürgen Rieckhoff
Redaktion: Beate Spindler

Printed in Germany
ISBN 978-3-473-40952-5

www.ravensburger.de

INHALT

KAPITEL 1

ANRUF AUS BRASILIEN

„Noah! Noah! Noah!", brüllten die Massen.

Die Jubelschreie brachten das riesige Stadion in Rio zum Beben.

Doch Noah sah nichts. Hörte nichts. Es gab nur ihn auf der Welt – und den Ball.

Würde er diesen Elfmeter im Tor versenken? Milliarden Menschen verfolgten das Endspiel der Weltmeisterschaft im Fernsehen. Aber Noahs Nerven waren dick wie Drahtseile. Er war kein bisschen nervös.

Noah wusste, was er draufhatte. Mit seinem Schuss konnte er Bäume fällen. Der Torwart hatte nicht den Hauch einer Chance.

„Noah! Noah! Noah!"

Noah rieb sich die Nase. Machte drei große Schritte rückwärts. Fixierte den Ball.

„Noah! Noah! Noah!"

Er schloss die Augen, sammelte all seine Energie.

Wenn der drin ist, bist du unsterblich!, schoss es ihm durch den Kopf.
„Noah!"
Noah spürte einen Stoß im Rücken. War das sein Gegenspieler? Das würde Gelb geben. Mindestens!

„Capitano, jetzt mach endlich, uns wird kalt!"

Eule zog an Noahs Oberteil. Durch seine zentimeterdicken Brillengläser schielte er Noah ungeduldig an.

Sofort waren die Zuschauer verschwunden, wie auch das ganze Stadion. Alles nur ein Traum.

Statt in Rio, stand Noah auf einer buckeligen Wiese, die noch halb von Schnee bedeckt war. Nur an einigen Stellen blitzte schon das Gras durch.

Vor ihm im Kasten war Hardy, der beste Torwart außerhalb der Nationalmannschaft. Hinter ihm standen Eule und Matti, der Rest der Meute.

Alle fußballverrückt wie Noah selbst. Die besten Freunde, die man sich wünschen konnte.

Schon in der ersten Klasse hatten sie die Eckfahnen in den Boden gerammt und damit die unbenutzte Kuhwiese zu ihrem Fußballplatz erklärt.

Mittlerweile gab es zwei Tore, eine Flutlichtanlage und – ihr ganzer Stolz – einen Bauwagen als Mannschaftsquartier.

„Noch zwei Sekunden, dann geh ich nach Hause", motzte Matti.

Er rieb sich die nackten Arme. Obwohl es erst Mitte Februar war, spielte er im kurzärmeligen Trikot.

Das trug Matti immer.

„Wahrscheinlich sogar an Weihnachten unterm Tannenbaum", hatte Eule einmal gewitzelt.

Noah biss sich auf die Unterlippe. Wie peinlich, sich einfach so wegzuträumen!
„Bist du bereit?", fragte er Hardy.
„Seit ungefähr einer halben Stunde!" Hardy ging leicht in die Knie.
Noah fixierte den Ball, dann stürmte er los. Er holte mit dem rechten Bein aus. Und …
Kurz bevor sein Schuh den Ball erreichte, passierte es: Sein Handy vibrierte in der Hosentasche.
Noah zuckte kurz zusammen. Zog dann durch. Traf den Ball aber nicht mit dem Vollspann.
Wosch!, zischte die Pille durch die Luft. Viel zu lahm. Hardy sprang ab, hechtete in die angepeilte Ecke und faustete das Leder mühelos über die Latte.
„Dafür der ganze Zirkus?", spottete Matti mit breitem Grinsen.
„Der zählt nicht", antwortete Noah verärgert. „Ich war abgelenkt."
Er zog das immer noch vibrierende Handy aus der Tasche. „Welcher Idiot ruft genau dann an, wenn ich …?" Der Name des Anrufers auf dem Display ließ ihn verstummen. Es war Luiz. Sein Vater. Aus Brasilien.
Sofort drückte er auf die grüne Taste. „Papa!", brüllte er ins Handy und lachte laut los. „Du hast mir gerade den wichtigsten Elfmeter meines Lebens versaut."

Luiz lachte auch. „Das tut mir leid. Aber ich bin mir sicher, du wirst in deinem Leben noch viele sehr, sehr wichtige Elfer schießen. Ein Deutscher mit brasilianischem Blut in den Adern – du wirst einmal Nationalspieler, wetten?"

Noah strahlte. Sein Vater war wie fast alle Brasilianer

ein absoluter Experte in Sachen Fußball. Ein Lob von ihm zählte zehnfach. Nein, hundertfach!

Dummerweise hatten sich Noahs Eltern vor zwei Jahren getrennt und Luiz war wieder in seine Heimat gezogen. Jetzt sah Noah ihn höchstens einmal im Jahr.

„Ich vermiss dich so", sagte Noah. „Kannst du nicht doch irgendwie herkommen?"

„Ich vermiss dich auch, Großer." Luiz seufzte lautstark. „Ich bin selbst total traurig, dass wir uns dieses Jahr nicht sehen werden. Wenn diese Flüge nur nicht so verdammt teuer wären …"

Die Worte taten Noah im Herzen weh. Wie eine glühende Klinge bohrten sie sich tief in sein Fleisch.

Er sehnte sich nach einer Umarmung von Luiz. Und nach den Gesprächen mit ihm über Fußball.

Jetzt biss er die Zähne zusammen, um nicht loszuheulen. Sie redeten noch ein bisschen über die Schule und anderes unwichtiges Zeug. Dann verabschiedeten sie sich voneinander.

Eule, Matti und Hardy hatten das Gespräch verfolgt. Mitgefühl stand ihnen ins Gesicht geschrieben.

„Kommt!", rief Noah und stürmte in den Bauwagen. Drinnen tippte er auf einen Zettel an der Wand. Darauf stand der gleiche Text, den sie in der Silvesternacht mit einer Rakete in die Luft geschossen hatten.

Damit sie ihn auch ja nicht vergaßen, hatte ihn Noah noch einmal aufgeschrieben. Und dieses Mal doppelt unterstrichen.

Ich schwöre, alles für mein Ziel zu tun:
bei der Fußball-WM in Brasilien zu sein.

Eule, Matti, Hardy und er hatten dann auch noch ihre Unterschriften daruntergesetzt.
„Was wir an Silvester geschworen haben, gilt noch immer. Wenn es die Erwachsenen nicht hinkriegen, dann schaffen wir es eben allein." Noah blickte seine Freunde nacheinander an. „Ich weiß zwar noch nicht wie, aber wir werden beim Endspiel in Brasilien dabei sein!"
Da streckten sie alle die Fäuste in die Luft und riefen: „Wir schwören es!"

KAPITEL 2

DIE BOMBE PLATZT

Der folgende Tag war ein Montag. Für die meisten Schüler der Welt der schlimmste Tag der Woche. Nicht aber für Eule, Matti, Hardy und Noah.

Montag bedeutete Training. Seit einem Monat waren sie in einem richtigen Fußballverein. Seit der neue Busfahrplan ihr winziges Dorf mit Rohrbach verband. Ihr Trainer dort war Christian Wenzel, ein ehemaliger Profifußballer. Fast hätte er sogar für Bayern München gespielt! Wenn das kein Grund war, den Montag zu lieben.

Nach dem Unterricht liefen die vier zum Bus. Er hielt wenige Meter vor der Sporthalle. Als alle umgezogen im Mittelkreis hockten, ließ ihr Trainer die Bombe platzen.

„Jungs, wie ihr wisst, findet am Samstag in zehn Tagen unser großes Hallenturnier statt. Aber diesmal werden wir nicht nur sieben Mannschaften zu Gast haben wie sonst." Er wedelte mit einem Brief vor

seiner Nase herum und grinste über beide Ohren. „Ihr kennt doch sicher die Fußballschuhmarke Sprintastic. Die suchen die besten jungen Spieler von ganz Deutschland. Wer deren Scout beeindruckt, wird in den Osterferien weiter ausgebildet – in einem Sport-Camp mit Spitzentrainern. Die Ausbildungskosten trägt Sprintastic."
Wenzel entfaltete den Brief. „Und was soll ich sagen? Der Scout kommt zum Hallenturnier!"
Unter den Jungs brach großer Jubel aus. Einige klatschten sich ab.

„Der sieht uns also zu, und wenn wir gut sind, spendiert Sprintastic uns ein Sport-Camp?", hakte Eule nach.
Der Trainer nickte. „Richtig. Das Training ist umsonst. Nur für Unterkunft und Essen werden hundertzwanzig Euro fällig."
Er klatschte dreimal in die Hände. „Aber erst mal müsst ihr ihm auffallen. Und das geht nur mit hartem Training. Zehn Runden zum Aufwärmen!"

Noah lief wie auf Wolken. Ein Sport-Camp für Nachwuchstalente – das hörte sich super an. Wie er wusste, schafften es nur die besten Spieler in solche Camps. Aber war er nicht einer der besten?

„Da gehöre ich hin!“, platzte Noah nach drei Runden heraus. „Selbst wenn ich mich dafür beim Turnier zerreißen muss: Ich will in dieses Camp.“

Hardy lachte. „Das will jeder hier.“

Eule schnaufte. „Ich auch. – Habt ihr eigentlich gehört, was Yannick eben erzählt hat? Zu dem Camp soll ein echter Nationalspieler kommen, um seine Tricks zu verraten. Er tippt auf Mats Hummels!“

„Cooooooool!“ Matti grinste breit. „Der kann sogar noch besser köpfen als ich.“

Nach dem Laufen folgte die Taktik-Schulung. Christian Wenzel schob auf einer Tafel rote und blaue Magneten hin und her.

„Wir spielen aktives Pressing“, erklärte er seinen Jungs. „Wenn der Gegner am Ball ist, greift ihr ihn sofort an. Egal ob ihr Verteidiger, Mittelfeldspieler oder Stürmer seid. Nur der Torwart bleibt an seinem Platz. – Und das üben wir jetzt, bis es sitzt.“

Blitzschnell waren zwei Teams zu sechs Mann aufgestellt. Wie immer spielten Eule, Noah, Hardy und Matti zusammen.

Yannick führte den Anstoß durch. Mit einem Doppelpass mogelte er sich an Noah vorbei und sprintete auf Matti zu.

Als Matti stehen blieb, brüllte der Trainer: „Pressing! Geh ran!"

Matti machte einen Schritt nach vorne. Aber zu spät. Yannick passte in die Mitte – zu Jakob.

Sichtlich verwirrt drehte sich Matti um.

Noah konnte sich denken, was sein Freund dachte: Sollte er dem Ball nachlaufen? Oder Yannick decken? Ehe Matti sich entscheiden konnte, war Yannick wieder am Ball. Er zog ab. *Krawosch!*

Hardy machte sich noch länger, als er ohnehin schon war. Aber es nutzte nichts. Die Kugel klingelte im Netz.

Yannick riss die Arme in die Luft und zischte Noah zu: „*Ich* komme auf jeden Fall ins Camp." Er grinste herablassend. „Schließlich spiele ich schon seit fünf Jahren im Verein – im Gegensatz zu anderen …"

Noah hätte ihn am liebsten gepackt. Ihn für seine ewigen Sticheleien mal so richtig in den Schwitzkasten genommen. Aber was hätte das gebracht? Immerhin war Yannick der Sohn des Trainers. Und mit dem wollte sich Noah nun wirklich nicht anlegen.

Also verbiss sich Noah jeden Kommentar. Vom Anstoß aus zog er gleich Richtung Tor. Umdribbelte Jakob und zwei andere.

Dann flankte er butterweich in den Rücken der Abwehr. Direkt auf Matti.
Matti musste nur den Fuß hinhalten. Aber er senste ein Loch in die Luft. Herrenlos kullerte der Ball ins Seitenaus.

„Der geht mit dem Ball um, als wenn's 'ne Apfelsine wäre!", spottete Yannick. Die halbe Mannschaft lachte.
Noahs Team kämpfte wie ein Löwenrudel. Durch ein Kopfballtor von Anton glichen sie aus.
Aber dann unterliefen Matti zwei haarsträubende Fehler in der Vorwärtsbewegung.
Auch Hardy konnte die Tore nicht verhindern. Beim Stand von 3:1 pfiff Christian Wenzel ab.
„Das war's für heute. Donnerstag nächstes Training. Und am Sonntag spielen wir draußen gegen den FC Kickers. Treffpunkt hier, sechzehn Uhr."
Mit hängenden Schultern schlich Matti aus der Halle.

„Hör nicht auf den Idioten", versuchte Hardy, ihn zu trösten. „Spiel einfach wie immer. Im Mittelfeld bist du granatenstark."
Matti schnaubte verächtlich. „Du hast gut reden. Du und Noah, ihr habt ja Stammplätze. Bei Eule und mir sieht das anders aus. Wir sitzen die meiste Zeit auf der Bank. Kein gutes Zeichen für den Scout."

KAPITEL 3

ALTE RIVALEN

Die Zeit bis zum Sonntag verging wie im Flug.
Eule sprach von nichts anderem mehr, als von dem Fußball-Camp. Sogar Doktor Knesebrecht, ihrem Klassenlehrer, erzählte er davon. Und das mitten im Unterricht. Dabei hörte es sich immer so an, als hätte Eule die Einladung bereits in der Tasche.
„Ich werde mit Mats Hummels E-Mail-Adressen austauschen", verkündete Eule auf dem Weg zum Spiel. „Dann schreiben wir uns immer und werden richtige Freunde."
Hardy grinste breit. „Wenn das mit Mats Hummels mal kein Gerücht ist …"
Auch Noah musste grinsen. „Aber vergiss nicht, ihm dein Poesiealbum zu geben. Dann kann er ein schönes Gedicht reinschreiben."
Sie prusteten los. Nur Matti, sonst der Witzbold der Truppe, sagte kein Wort.
Noah stieß ihm den Ellenbogen in die Rippen. „Lass

den Kopf nicht hängen", forderte er. „Jeder hat mal einen schlechten Tag. Deiner war Montag. Heute zeigst du allen, was du draufhast."

„Genau!", sagte Eule. „Du machst diesen FC Kickers im Alleingang fertig!"

Hoffnung flackerte in Mattis Augen auf. Und beim Warmlaufen auf dem Platz rannte er wieder ganz vorne mit.

„Dreißig Liegestütze!", forderte Christian Wenzel als Nächstes.

Gerade als alle Mann auf der kalten Erde lagen, hielt der Bus des FC Kickers.

„Seht mal", brüllte einer von ihnen aus dem Fenster. „Die verneigen sich jetzt schon vor den Siegern."

Johlend stiegen alle aus. Dreizehn Typen. Dreizehn unsympathische Kerle.

„Quatsch!", gab Noah zurück. „Ihr seid so hässlich, da können wir einfach nicht hinsehen."

Jetzt lachten die Rohrbacher aus voller Kehle. Sogar Yannick schlug Noah anerkennend auf die Schulter.

„Sauber, Alter!", lobte auch Hardy.

„Die und wir, das kann nicht gut gehen", erklärte Anton japsend. „Schon mein Opa hat gegen die Kickers gespielt."

„28, 29, 30", zählte der Trainer. „Auf die Füße mit euch!" Er räusperte sich. „Ja, es stimmt. Die Rivalität

zwischen denen und uns gibt's schon ewig. Kein Wunder: Die haben in Rohrbach seit zwanzig Jahren keinen Blumentopf mehr gewonnen. Deshalb sind sie heiß wie Frittenfett auf dieses Match. Trotzdem will ich ein faires Spiel sehen. Wir schlagen sie mit Toren, nicht mit Fäusten." Er grinste. „Aber gegen dumme Sprüche, wie den von Noah eben, habe ich nichts einzuwenden."

Dann teilte er die Mannschaft ein. Wie erwartet, waren Noah und Hardy im Team. Eule und Matti saßen zunächst auf der Bank.

Zwei Minuten vor dem Anpfiff gaben die Spieler ihre Wertsachen beim Trainer ab.

Als Noah Christian Wenzel das Handy reichen wollte, stutzte er. Auf dem Display stand:

Ich drücke dir beide Daumen für das Spiel.
Für mich bist du der größte Fußballer aller Zeiten.
Papa

„Ich werde dir keine Schande machen", murmelte Noah in sich hinein. Und ein Gefühl wie heiße Lava breitete sich in ihm aus. Der Fußballvirus.

Das Spiel war schon so gut wie gewonnen!, da war sich Noah sicher.

KAPITEL 4

IN LETZTER SEKUNDE

Kaum hatte der Schiri die Pfeife in den Mund genommen, gab der FC Kickers auch schon mächtig Gas. Immer wieder drangen sie über links in die Hälfte der Rohrbacher ein.

Besonders ein Großmaul mit dem Furcht einflößenden Spitznamen Schädel versetzte die Abwehr in höchste Alarmbereitschaft.

Der Kerl war baumlang und hielt den Kopf in jeden Ball, der irgendwie in Tornähe flog.

Zweimal konnte Hardy das Schlimmste verhindern. Nach dreißig Minuten stand es mit viel Glück noch immer 0:0.

„Der gehört in den Zoo", stöhnte Eule in der Pause, „und nicht auf den Fußballplatz!"

Christian Wenzel kniete sich vor die Bank und redete auf alle ein. „Weiter so, das läuft nicht schlecht. Pressing, Jungs. Die können keinen Pass spielen, wenn ihr denen auf den Schuhen steht." Er deutete auf Eule. „Du kommst rein. Zeig allen, was du draufhast."

Noah klatschte anfeuernd in die Hände. „Zwanzig Jahre haben die hier nicht gewonnen. Wie wollt ihr euren Vätern unter die Augen treten, wenn ihr das Spiel in den Sand setzt?"

Einige nickten, die Wangen feuerrot.

Noah ging mit Yannick zum Mittelkreis. Mit Gewalt hackte er seine Stollen in den halb gefrorenen Boden. *Wamm! Wamm!* Das war der Platz seines Vereins. Und er würde ihn bis auf den letzten Blutstropfen verteidigen.

Als der Pfiff des Schiris ertönte, tippte Yannick den Ball nur kurz an und stürmte dann nach vorne.
Noah nahm an, drehte sich mit dem Ball um einen Gegenspieler und folgte ihm.
Er sah nach links. Zu voll.
Rechts? Drei Mann im Weg.
Also legte er quer auf Yannick. Auch wenn er den Typen nicht ausstehen konnte, jetzt waren sie eine Mannschaft.
Yannick tankte sich bis zum Sechzehner durch. Versuchte, den Innenverteidiger zu umkurven, blieb aber in der Viererkette hängen.
Mit der Schuhspitze schob er das Leder zu Jakob. Der aber drosch die Kugel in die Wolken. *Zosch!*

„Alle Mann zurück!", brüllte der Trainer am Seitenrand.
Und während die Rohrbacher noch in der Rückwärtsbewegung waren, überbrückten die Kickers das Mittelfeld mit zwei, drei Stationen.
Von der Torauslinie aus schlug ein Spieler eine messerscharfe Flanke in den Rücken der Abwehr.

Eule wollte klären, rutschte aber um Zentimeter am Ball vorbei.
Nicht so Schädel. Weil er seinen Kopf nicht bis runter auf die Erde bekam, nahm er ausnahmsweise einmal den Fuß.
Hardy flog nach links, die Kugel nach rechts. *Wusch!*
„Tor!", jubelte Schädel mit rauer Stimme.
Alle Kickers sprangen auf ihn drauf.
„Ein guter Torwart hätte den gehabt", schimpfte Yannick.
Noah ignorierte die Bemerkung. „Weiter, weiter!", kommandierte er. „Alte Fußballerweisheit: *Wer 1:0 führt, der stets verliert!*"
Diesmal überließ Noah den Anstoß Yannick und einem seiner alten Kumpel. Sie rannten sich schnell fest. Noah aber war ihnen gefolgt und schnappte sich die Kugel von einem Gegen-

spieler. Passte zurück ins Halbfeld. Sprintete ohne Ball nach vorne.
Drei Rohrbacher waren nachgerückt und spielten sich das Leder zu.
Noah rannte durch eine Lücke und zeigte ihnen, wohin er die Flanke haben wollte.
Jakob schlug sie punktgenau.
Noah machte noch einen Schritt und jagte die Kugel unhaltbar ins Netz.
1:1.
Zwanzig Minuten lang passierte kaum etwas. Doch zwei Minuten vor Schluss wagte sich auch Eule über rechts nach vorne.
Noah spielte Doppelpass mit dem Verteidiger. Bis plötzlich Schädel vor ihm stand. Mitten im eigenen Sechzehner.
„Was machst du denn hier?“, fragte Noah verblüfft.
„Dir den Ball abnehmen“, antwortete Schädel eiskalt.
Noah sah aus dem Augenwinkel Eule an ihm vorbeiziehen und spitzelte den Ball in die Mitte.
Eule machte eine Körpertäuschung.
Der Torwart sprang in die falsche Ecke.
Da lief Eule seelenruhig mit dem Ball am Fuß ins leere Tor.
2:1.

„Wird wohl wieder nichts mit dem Sieg“, feixte er Richtung Schädel.

„Bombig!“, lobte Wenzel von der Bank aus.

Dann gab er Matti ein Zeichen. Zwei Minuten vor Schluss kam er ins Spiel.

„Was soll ich da noch ausrichten?“, murrte Matti. Zweimal leitete er im Mittelfeld den Ball geschickt weiter. Keine großen Taten.

„Eine Minute Nachspielzeit“, verkündete der Schiri. Keine Chance mehr für Matti, sich für einen Stammplatz zu empfehlen.

Als der Ball kurz vor dem Abpfiff zu ihm kam, tippte Yannick auf sein Handgelenk, als hätte er eine Uhr um.

Das hieß: Sekunden schinden. Den Sieg über die Zeit bringen.

Mitten im Lauf drehte sich Matti also um und passte zurück zu Hardy. Der würde warten, bis sich einer der Kickers näherte, und das Leder dann weit nach vorne schlagen. Damit wäre der Drops gelutscht.

Aber was war das? Warum kullerte der Ball so langsam über den Platz? Wie in Zeitlupe rollte er Hardy entgegen.

Von links rauschte eine Staubwolke heran. Ein Koloss von einem Spieler: Schädel.

Kurz bevor Hardy das Leder wegpöhlen konnte,

hatte Schädel den Fuß dran. Umspielte Hardy weit vor dem Kasten. Und hob den Ball mit einem gekonnten Lupfer in die Maschen. *Flopp!*
2:2.
Abpfiff.
Die Rohrbacher sackten kopfschüttelnd auf dem Platz zusammen. Und Matti wäre wohl am liebsten im Erdboden versunken.

KAPITEL 5

STANDPAUKE

Jubelnd wie nach dem Gewinn der Champions League drehte der FC Kickers eine Ehrenrunde. Obwohl außer ein paar Opas mit ihren Dackeln keine Zuschauer anwesend waren. Reine Provokation.

„Am Samstag beim Turnier knacken wir euch", höhnte Schädel, bevor sie alle in der Umkleidekabine verschwanden.

Noah legte den Arm um Matti. „Wenigstens haben wir nicht verloren."

Doch Matti stieß ihn grob von sich. „Lass mich!" Er schnappte sich seine Tasche und lief, ohne sich vorher umzuziehen, zum Ausgang. Doch da rief der Trainer alle Spieler zu sich.

„Mannschaftsbesprechung", brüllte er in die Kabine. Eine Ader schwoll auf seiner Stirn. Jeder konnte sehen, dass er auf hundertachtzig war.

„Du hast dich nicht gerade mit Ruhm bekleckert, Matti", schnaubte Christian Wenzel. „Das war der

dusseligste Rückpass, den ich in meinem Fußballerleben gesehen habe."
Yannick stürmte auf Matti zu und schubste ihn zu Boden. Matti wehrte sich nicht einmal.

„Ohne dich hätten wir gewonnen!", schrie Yannick ihn an. „Geh zurück auf deine Kuhwiese – hier hast du nichts mehr verloren!"
Sofort sprangen Noah und Hardy auf und stellten sich Yannick in den Weg.
„Sollen wir jeden verprügeln, der einen Fehler macht?", fragte Noah. „Dann kriegst du für das 1:0 von denen auch eine Klatsche!"

Yannick ballte die Fäuste. „Komm doch!"
Da packte der Trainer seinen Sohn und zog ihn zurück. „Halt die Klappe! Ich bin hier der Trainer, nicht du. So geht eine Mannschaft nicht miteinander um. Wenn einer Mist baut, sage ich ihm das schon selbst. Und wenn er zuhört, ist die Sache für mich vergessen."
Er half Matti auf die Beine. „Alles im Leben hat etwas Gutes, auch dieser dämliche Rückpass. So einen Bock wird Matti nie wieder schießen, stimmt's?"
Er zwinkerte Matti aufmunternd zu.
Matti lächelte schief. „Ja, hoch und heilig versprochen."
„Gut. Dann muss ich mir darüber ja keine Gedanken mehr machen."
Der Trainer schickte seine Spieler zum Auslaufen. Anschließend analysierte er das Spiel noch kurz an der Taktiktafel.
Noah hörte aufmerksam zu. Er wollte einfach alles über Fußball wissen. Und die Erfahrung eines ehemaligen Bundesligaspielers war für ihn Gold wert.
Matti aber starrte sichtlich betreten zu Boden. Noah wusste warum: Einen Einsatz beim Turnier konnte er sich nach seinem glanzvollen Auftritt heute wohl abschminken.
Endlich klatschte Christian Wenzel in die Hände.

„Und jetzt ab nach Hause mit euch! Geht Freitag nicht zu spät ins Bett." Er drehte sich zu Matti um. „Das gilt auch für dich. Ich werde jeden beim Turnier am Samstag einsetzen, damit der Scout alle Spieler sehen kann. Versprochen."

Er gab Matti einen aufmunternden Klaps.

Doch als die vier Freunde alleine waren, ließ Matti den Kopf hängen und seufzte: „Das mit dem Camp wird wohl nichts. Dabei würde ich alles tun, um dabei zu sein."

Als sie um die Ecke bogen, standen dort einige Spieler des FC Kickers und warteten auf ihren Mannschaftsbus.

Sie grinsten. Hatten sie Matti gehört?

KAPITEL 6

VERSAMMLUNG

„Worum geht's denn?" Noah stand in der Tür des Bauwagens und sah Hardy fragend an.

Es war der Tag nach Mattis fatalem Rückpass und Hardy hatte eine Versammlung einberufen. Per SMS und mit drei Ausrufezeichen.

Kommt um 15 Uhr zum Bauwagen.
Es ist wichtig!!!

„Das sag ich dir, wenn alle da sind", antwortete Hardy sichtlich nervös. Er hielt zwei Zettel in den Händen, auf denen irgendwas geschrieben stand.

Auf dem Tisch standen vier volle Becher mit Cola. Und im Ofen brannte das Feuer. Hardy musste also schon eine Weile hier sein.

So ein Feuer lodert in uns, dachte Noah beim Anblick der Flammen. Die Gier auf Fußball.

Hinter ihm quietschte eine Bremse.

Eule fuhr mit seinem orangeroten Bonanzarad vor.
„Hardy, brennt's oder hast du im Lotto gewonnen?", rief er atemlos.
Eule stieg die Stufen hoch und knallte sich auf die Bank. Von der Wärme im Wagen beschlugen seine Brillengläser.
„Das erkläre ich euch gleich", sagte Hardy geheimnisvoll.
Um zehn nach drei tauchte dann auch Matti auf. Wie immer zu spät. Und wie immer in Trikot und kurzer Hose.
„So, da bin ich", begrüßte er die anderen knapp. Kein Scherz wie sonst. Etwas schien ihn zu bedrücken.
„Liebe Freunde, schön, dass wir alle hier versammelt sind", begann Hardy.

Es klang, als wollte er die Weihnachtsfeier einer riesigen Firma eröffnen. Hardy starrte auf die Zettel in seiner Hand. Anscheinend hatte er sich darauf notiert, was er ihnen sagen wollte.

„Was denn nun?", hakte Eule nach. „Willst du Noah einen Heiratsantrag machen?"

Noah und Eule kicherten. Sogar Matti grinste ein bisschen.

Hardy lächelte unsicher in die Runde. Dann zerriss er die Zettel.

„Ach, Blödsinn", murrte er. Sein Kopf nahm die Farbe von überreifen Tomaten an. „Ich stell' mir einfach vor, ich wäre auf dem Platz, dann kann ich besser reden."

Er räusperte sich. „Ich will eigentlich nur, dass wir Freunde bleiben."

Noah hob die Hand. „Meine Stimme hast du."

Eule nickte. „Bin dabei!"

Matti schnipste wie in der Schule. „Krieg ich vielleicht noch etwas Bedenkzeit?"

Hardy warf ihm ein Kissen an den Kopf. „Hört doch mal auf, es ist ernst. Ich meine, uns muss allen klar sein, dass der Scout wahrscheinlich nur ein oder zwei Spieler aus der Mannschaft für das Camp auswählt – wenn überhaupt. Schließlich gibt es Zehntausende Jungs in unserem Alter, die Fußball spielen."

Das saß. Noah, Eule und Matti ließen die Schultern hängen.
Hardy kaute auf den Worten herum, als hätte er ein klebriges Bonbon im Mund. „Wir vier werden auf keinen Fall alle eingeladen. Aber dann darf keiner sauer sein, weil der andere nominiert wurde und er selbst nicht."
Noah entging nicht, dass Hardy krampfhaft versuchte, einen Seitenblick auf Matti zu vermeiden.
„Das jetzt ist etwas ganz anderes als die Sache mit Eule und Noah im Januar", fuhr Hardy fort.
„Danke, dass du mich dran erinnerst", knurrte Noah.
„Nein, ehrlich", sagte Hardy. „So eine Chance darf man niemandem verbauen. Wenn wir wirklich Freunde sind, dann müssen wir uns auch mit demjenigen freuen, der es schafft. Auch wenn's schwerfällt."
Eule nickte. „Ist klar. Wir sollten schwören."
Matti stand wütend auf. „Ihr meint wohl, *ich* sollte schwören. Mich meinst du doch hauptsächlich mit deiner blöden Rede hier, oder?"
Er funkelte Noah, Hardy und Eule böse an. „Gut, ich schwöre!"
Dann stürmte er aus dem Bauwagen und knallte die Tür hinter sich zu.

KAPITEL 7

WAS IST MIT MATTI LOS?

Zwei Tage lang erschien Matti nicht zum Bolzen auf der Wiese. In der Schule verlor er kein Wort darüber, wo er die Nachmittage verbrachte. Nicht mal gegenüber Eule, seinem besten Freund.

Genau genommen sagte er gar nichts. Auf dem Schulhof drückte er sich mit seinem Gameboy in einer Ecke herum.

Was Matti statt Fußball spielen machte, erfuhren sie mehr durch Zufall.

An diesem Nachmittag hing Noah bei Eule ab und sie zockten am Computer. Natürlich ein Fußballspiel. Dann aber kam der Moment, wo Eule für seine Mutter einkaufen sollte.

„Simon, ich brauche noch Tomaten. Holst du sie bitte." Simon, damit war Eule gemeint. So hatten ihn seine Eltern taufen lassen. Aber sogar Doktor Knesebrecht in der Schule nannte ihn Eule. Mit seiner dicken Brille sah er ja auch aus wie ein Waldkauz.

Eule blickte kurz von seinem Computerspiel auf. „Kann das nicht Betty machen?"
„Na-hein!", schallte es aus dem Nebenzimmer. „Muss für mein Referat lernen."
Eule knurrte missmutig. „Meiner Schwester fällt einfach immer eine Ausrede ein, wenn es um Hausarbeit geht", schimpfte er. „Und immer kommt sie damit bei meinen Eltern durch."
Noah nickte nur. Er als Einzelkind hätte sich glatt eine Schwester gewünscht, egal wie faul sie war. Oder besser noch einen fußballverrückten großen Bruder.
„Simon, bitte!", wiederholte Eules Mutter und legte ihm eine Einkaufstasche und fünf Euro auf den Tisch. „Ihr zwei Jungs schafft das schon. Jeder zwei Tomaten, hmm?" Sie grinste.
„Klingt nicht nach einer Bitte", murmelte Eule. Aber dann gingen sie doch. Zum Glück.
„Du musst sofort kommen!", brüllte Eule drei Minuten später in sein Handy. „Ich bin im Laden."
Noah riss ihm das Telefon aus den Fingern. „Wirklich, Hardy! Das musst du dir anschauen."
Keine zehn Herzschläge später war Hardy da. Der Laden war ein kleines Geschäft, in dem man vom Apfel bis zur Schraube alles bekommen konnte. Zwischen den Gemüsekisten hing ein Schwarzes Brett.

„Hier!“, sagte Eule und tippte auf einen Zettel.

„Pünktlich?“, wunderte sich Noah. „Das kann eigentlich nicht von Matti sein.“

Eule rollte mit den Augen. „Ich kenne seine Handschrift. – Außerdem ist das seine Handynummer.“

Hardy studierte den Aushang noch einmal ganz genau, wurde aber nicht schlau daraus. „Was soll der Quatsch?“

Noah grinste. „Das werden wir gleich erfahren. Unsere alte Nachbarin hat doch diesen Dackel. Kommt mit!“

Beim Haus seiner Nachbarin blieb er stehen und zückte sein Handy. Stellte *Nummer unterdrücken* ein und wählte.

„Hier spricht Frau Möllerbernd“, flötete Noah mit verstellter Stimme ins Handy. „Sind Sie der junge Mann, der Arbeit sucht?“

Hardy prustete los.

„Würden Sie auch meine Daisy ausführen? Ja, jetzt sofort. Sie muss ganz dringend.“

Eule liefen Tränen über die Wangen.
„Gut, Obergasse 16. Bis gleich."
Noah steckte das Handy weg.
Eule japste nach Luft. „Du bist echt fies, Mann."
Da sahen sie Matti schon die Straße entlangkommen. Zwei andere Hunde im Schlepptau. Blitzschnell duckten sich die drei hinter eine Regentonne. Als Matti klingeln wollte, sprangen sie aus ihrem Versteck.
„Was macht ihr denn hier?", fragte Matti überrascht. „Frau Möllerbernd hat mich wegen ihrer Daisy ..."
Dann kapierte er. „Ihr wart das?"
„Ja, das waren wir", flötete Noah noch einmal wie die alte Dame. Dann sprach er normal weiter. „Warum kommst du nicht mehr zur Fußballwiese? Zu dritt spielen macht keinen Spaß."
Eule nickte. „Außerdem wäre es schön, wenn du wieder mit uns reden würdest."
Matti atmete tief durch. „Okay, ich sag's euch. Aber dann müsst ihr mich ein Stück begleiten, sonst machen die Hunde noch hier in den Garten."
Auf einem Feldweg rückte Matti endlich mit der Sprache raus. „Ich habe mit meinen Eltern über das Camp gesprochen. Sie freuen sich, geben mir aber nur die Hälfte zu den hundertzwanzig Euro dazu. Den Rest muss ich mir selbst verdienen. Und das tue ich gerade."

Noah, Hardy und Eule waren sprachlos.
„Die Chancen stehen eins zu tausend, dass du genommen wirst“, sagte Hardy. „Ich meine, dass *man* genommen wird!“
Matti stampfte verärgert mit dem Fuß auf den Boden. „Ihr glaubt ja auch, dass ich zu schlecht bin. Aber ich werde im Camp dabei sein. Darauf könnt ihr Gift nehmen.“
Dann rannte er mit den Hunden zurück ins Dorf.

KAPITEL 8

ANPFIFF

Bis zum Samstag änderte sich nichts an Mattis Verhalten. Sosehr sich Eule auch bemühte, sein Banknachbar behandelte ihn wie Luft.

Ein paarmal warf Noah ihm in der Pause den Ball zu. Doch Matti ließ ihn nur von der Brust abtropfen und aß schweigend sein Käsebrot.

Hardy raffte sich sogar auf, sich zu entschuldigen. „Ich habe wirklich *man* gemeint", sagte er. „Die Chancen stehen eins zu tausend, dass *man* genommen wird."

Matti drehte ihm den Rücken zu. Er konnte flanken wie ein junger Gott. Aber er war auch störrisch wie ein alter Esel.

Dann war er da,

der große Tag. Das Hallenturnier. Der Tag, an dem sie alle vor den Augen eines Scouts von Sprintastic spielen sollten.
Noah packte seine Tasche. Viermal. Immer wieder fing er von vorne an, aus Angst, etwas Wichtiges zu vergessen.
Eule fuhr mit seinen Eltern hin. Sogar seine Schwester Betty kam mit, um ihm zuzujubeln.
Hardy fuhr bei Noahs Mutter mit. Seine Eltern hielten Fußball für Zeitverschwendung und für viel zu gefährlich. Sie wollten ihn lieber im Schachverein anmelden.
Matti hatte sich bei keinem von ihnen gemeldet.
Rund um die Halle tobte der Bär. Nur mit Mühe fand Noahs Mutter einen Parkplatz.
Acht Mannschaften hatten sich angemeldet. Die meisten rückten mit Eltern, Großeltern und Geschwistern an. Auch halb Rohrbach wollte seinen Club siegen sehen.
Noah nahm sich fest vor, ihnen das Eintrittsgeld mit Zaubertoren zurückzuzahlen. Und natürlich mit dem Pokal. Wenn er den in den Himmel reckte, würde ihn auch der Scout nicht übersehen können.
In der Umkleidekabine herrschte großes Durcheinander. Alle waren aufgedreht wie sonst nur am Weihnachtsabend.

Jakob zog Antons Schuhe an, obwohl sie drei Nummern zu groß waren.
Yannick ging aufs Mädchenklo.
Der Trainer konnte seine geliebte Taktiktafel nicht finden.
Nur Matti strahlte eine Ruhe aus wie ein indischer Fakir.
„Warum ist der sich bloß so sicher, ins Camp zu kommen?“, zischte Noah Hardy zu.
Hardy zuckte mit den Schultern. „Der will uns wahrscheinlich bloß ärgern.“
Dann war es so weit. Die acht Teams standen auf dem Spielfeld nebeneinander. So brav und friedlich, wie sie das ganze Turnier über nicht mehr sein würden.
Die Zuschauerränge waren eng besetzt. Die meisten kamen aus Rohrbach. Ein paar der Fans hatten tatsächlich Fahnen in den Vereinsfarben mitgebracht. Wie in einem richtigen Bundesligastadion.
Erst hielt der Bürgermeister eine stinklangweilige Rede, der niemand zuhörte. Plötzlich aber wurden alle Spieler still.
Ein Mann im dunkelblauen Anzug trat neben den Bürgermeister, schüttelte ihm die Hand – und ließ sich das Mikrofon geben.
„Liebe Sportsfreunde“, begann er. „Ich komme von

Sprintastic und bin Scout. Das bedeutet, ich sehe mir Kinder und Jugendliche beim Fußballspielen an. Und wenn ich ein Talent entdecke, versuchen wir, es zu fördern. Vielleicht finde ich ja auch hier einen zukünftigen Nationalspieler …"

Die Leute klatschten.

Noah, Eule, Hardy und auch Matti klatschten mit. War das aufregend!

„Ich werde mir zu jedem Spieler Notizen machen. Wenn mir jemand besonders gut gefällt, lade ich ihn zu einem Trainings-Camp in den Osterferien ein."

Er lächelte. „Wie viele von euch sicher schon wissen, stiftet Sprintastic heute einen besonderen Preis: Die Siegermannschaft bekommt eine Freikarte für das Camp. Das heißt, der Trainer dieser Mannschaft darf bestimmen, welcher Spieler auf jeden Fall mitfährt. Ist das was?"

Jubel brandete auf und begleitete den Scout zu seinem Platz auf der Tribüne.

Auch Christian Wenzel strahlte. „Es gibt zwei Gruppen mit je vier Teams. Die beiden Gruppensieger stehen im Finale. Und jetzt die gute Nachricht, Jungs: Der FC Kickers ist in der anderen Gruppe. Wir können also frühestens im Endspiel auf sie treffen."

Noah, Yannick, Hardy, Eule, Anton und die anderen

klatschten sich ab. Da legte sich Noah plötzlich eine gewaltige Hand auf die Schulter.
Er fuhr herum.
Hinter ihm stand Schädel. Das riesige Kopfballungeheuer der Kickers.
„Wir machen Hackfleisch aus euch“, sagte der Koloss. „Und mit dir fangen wir an, du Großmaul. Schreib schon mal dein Testament.“

KAPITEL 9

ZAUBERTOR

Die ersten Gegner von Rohrbach waren die Balltiger.

„Der Name ist Müll", flüsterte Noah Hardy zu. „Aber die Trikots sehen saugut aus."

Hardy nickte. „Okay, dann gönnen wir ihnen ein Tor für den schmucken Auftritt. Macht 5:1 für uns."

Sechs Mann bildeten die erste Mannschaft. Hardy im Tor, Anton in der Abwehr. Jakob und Yannick im Mittelfeld. Und Noah als Stürmer ganz vorne.

Als große Überraschung für alle stand Eule in der Startelf.

„Das hast du dir verdient", sagte Christian Wenzel. „Dein Tor letzte Woche war bärenstark."

Rohrbach hatte Anstoß.

Noah sah zur Tribüne. Erst zu seiner Mutter, dann zum Scout. Am liebsten hätte er beiden zugewinkt. Aber er musste sich konzentrieren. Er wollte in das Camp. Mit seinen drei Freunden. Aber zur Not auch alleine.

Sein Traum war eine Reise zur Weltmeisterschaft. Da er sich den Flug nicht leisten konnte, musste er eben einen anderen Weg nach Brasilien finden. Und was er am besten konnte, war nun mal Fußball spielen.

Irgendwie, das sagte Noah sein Instinkt, würde es auch auf diesem Weg klappen können. Träume wurden wahr, wenn man nur stark genug träumte. Der Lieblingsspruch seines Vaters. Wieso sollte er also nicht stimmen?

„Gib mir die Pille", flüsterte er Yannick zu. Ihm war etwas aufgefallen. Der Torwart der Balltiger war noch dabei, etwas zu trinken. Wenn er den Ball richtig traf …

Yannick nickte. Beim Training und den letzten Spielen hatte Noah bewiesen, wie gut seine Ideen waren. Gleich als der Schiri pfiff, bekam Noah von Yannick den Ball.

Noah holte aus. Und schoss das Leder aus dem Stand Richtung Tor.

Jeder in der Halle folgte der Kugel mit den Augen. Jeder, bis auf einen. Der Torwart beugte sich gerade vor, um seine Wasserflasche abzustellen.

Der Ball flog einen Bogen und landete direkt in den Maschen.
Die Halle stand Kopf. So was hatte noch niemand erlebt. 1:0 für Rohrbach. Und das in der dritten Spielsekunde!
Eule, Hardy und die anderen sprangen Noah auf den Rücken, bis er unter der Last seiner Mitspieler lachend zusammenbrach.
Durch Arme und Beine hindurch sah er zu den Zuschauern. Dem Scout war vor Erstaunen die Kinnlade runtergesackt. Dann stand sein Stift nicht mehr still.
Von diesem Schock erholten sich die Balltiger nicht mehr.
Yannick und Jakob erhöhten noch vor der Pause auf 3:0.
Eule hatte die Abwehr bestens im Griff und gönnte sich auch ab und zu einen Vorstoß in die Hälfte des Gegners. Zum 4:0 und 5:0 legte er jeweils den Ball vor.
Hinten hielt Hardy alles, was auch nur in die Nähe seines Kastens kam. Das eine Tor für die schönen Trikots ließ er nicht zu.
Mit 5:0 ging Rohrbach als Sieger des ersten Spiels vom Platz.
Der Held des Tages war natürlich jetzt schon Noah.

Ein kleines Mädchen wollte sogar ein Autogramm von ihm.
„Bist du Cristiano Ronaldo?", fragte sie mit piepsiger Stimme.
Hardy lachte. „Nein. Aber der war auch schon hier, um sich ein Autogramm von Noah zu holen."
Die Freude wurde nur dadurch etwas getrübt, dass der FC Kickers seinen ersten Gegner mit 8:0 vom Platz fegte. Schädel machte in jeder Halbzeit einen Hattrick!
„Ein Tor schießen kann jeder", giftete er Noah an. „Aber sechs in einem Spiel, das kann nur ich."
„Das werden wir ja sehen", gab Noah zurück.
Noah und sein Team sahen auf den Spielplan. Das zweite Gruppenspiel war gegen den TSV Hundhausen.
Yannick lachte. „Die Pudel putzen wir mit 10:0 vom Platz. Dann sind wir fast schon im Finale."
Noah klatschte sich mit ihm ab. Er mochte Yannick zwar immer noch nicht besonders. Und wie er Matti behandelte, war echt eine Sauerei. Aber, hey, hier ging es um den Einzug ins Camp.
„Her mit dem nächsten Gegner!", tönte er. „Wer auch immer sich uns in den Weg stellt, wird zu Apfelmus verarbeitet!"

KAPITEL 10

ARROGANZ

Sieben kleine Jungen standen schniefnasig vor Noah und seinem Team.
Hundhausen war das mickrigste Kaff im ganzen Umkreis. Als Schlachtruf blökten sie ihnen ein donnerndes „Hundhausen, wuff, wuff!" entgegen.
Noah rollte mit den Augen. „Ich erhöhe auf 12:0!", rief er Yannick zu. „Jetzt kriegt unser Scout mal richtig was zu sehen."
Christian Wenzel ließ ein paar Jungs von der Ersatzbank ran. Sein Sohn, Noah und Hardy blieben aber drin.
Yannick versuchte, Noahs Trick vom Anstoßpunkt aus zu wiederholen. Doch der Torwart lenkte seinen Schuss mit einer Glanzparade ab.
Die Kugel krachte an die Latte. *Watsch!* Sein Abschlag landete bei Noahs Gegenspieler.
Noah machte einen Schritt auf ihn zu, zog dann aber das Bein zurück. Er wollte in der Nähe des Tors sein,

wenn der Ball kam. Der Scout sollte noch ordentlich was zu schreiben bekommen.

Jakob griff den Jungen ebenfalls nur halbherzig an.

Der Kleine passte in die Mitte, Hardy rutschte am Ball vorbei, ein anderer Hundhausener bekam ihn auf den Fuß – und es stand 0:1.

„Glückstreffer!", murrte Noah beim Anstoß. „Jetzt zeigen wir euch mal, was 'ne Harke ist."

Er schoss zu Yannick.

Yannick tankte sich nach vorne durch, umkurvte zwei Gegenspieler. Doch die Hundhausener verteidigten mit Mann und Maus.

Der dritte Gegner war zu viel für Yannick. Er versuchte, den Ball noch zu Noah zu spitzeln, aber er rollte unerreichbar ins Toraus.

Fünf Minuten ging es so hin und her, ohne dass es zu packenden Strafraumszenen kam.

Dann wollte Hardy den Ball zu seinem Verteidiger abwerfen. Aber die Kugel glitt ihm aus den Fingern und einem Angreifer genau vor den Fuß.

Hardy warf sich ihm entgegen, doch der Junge reagierte blitzschnell. Unter Hardy hindurch schob er den Ball ins Tor.

Es stand 0:2.

In der Pause spuckte Christian Wenzel Feuer. „Seid ihr schon Weltmeister, oder was?", polterte er los.

„Das war arrogant. So kann man kein Turnier gewinnen. Man muss die kleinen Vereine genauso ernst nehmen wie die großen. Sonst wird man keine Spitzenmannschaft."

Schnaubend schüttelte er den Kopf. „Eigentlich wollte ich jetzt Matti und Eule einwechseln. Aber ihr sechs habt den Karren in den Dreck gefahren, ihr holt ihn da auch wieder raus!"

Noah biss die Zähne zusammen. Auch dem Scout war sicher aufgefallen, dass sie nicht genug gekämpft hatten.

Er sah zu seiner Mutter. Sie winkte und Noah spürte einen Stich im Herzen. Auf den leeren Platz neben ihr hätte sein Vater gehört. Er kann zwar nicht zusehen, schoss es Noah durch den Kopf. Aber ich werde ihn trotzdem stolz machen!

Ein Hundhausener wollte Noah umdribbeln, wie es ihm in der ersten Halbzeit so oft gelungen war. Doch diesmal stand ihm ein anderer Noah gegenüber.

Noah ahnte die Finte, ergatterte den Ball und schaltete sofort auf Angriff um. Butterweich flankte er auf Jakobs Kopf.

Zack! 1:2.
„Sauberes Pressing!", jubelte Wenzel. „So will ich das sehen!"
Durch den Anschlusstreffer gewannen die Rohrbacher wieder Feuer. Doch sie freuten sich zu früh. Schon im Gegenzug fiel das 1:3.
„Weiter, Leute!", brüllte Noah über den Platz. „Meinen Traum lasse ich mir von niemandem kaputt machen. Auch nicht von uns!"
Nun rollte Angriff auf Angriff, aber das Tor schien wie vernagelt.
Endlich gelang Yannick ein Kunststück im Mittelfeld. Er zog sofort ab. Wieder erwischte der Torwart den Ball, konnte ihn aber nicht festhalten.
Noah war zur Stelle und netzte ein.

„Klassischer Abstauber!", lobte Hardy von hinten.
„Mach das ja nicht nach!", warnte Noah mit einem Grinsen.
Jakob gelang tatsächlich noch der Anschlusstreffer. Doch dabei blieb es.
Nach dem 3:3 gingen die Rohrbacher mit hängenden Köpfen vom Spielfeld.
Wie um sie zu verhöhnen, gewann der FC Kickers sein zweites Spiel eiskalt mit 6:2.
„Seht ihr, so wird das gemacht!", johlte Schädel.
Christian Wenzel sah seine Jungs scharf an. Einen nach dem anderen. „Unser nächster Gegner hat zwei Siege auf dem Konto. Wir müssen unbedingt gewinnen, um Tabellenführer zu werden. Wenn nicht, ist das Turnier für uns vorbei."

KAPITEL 11

MÄCHTIG UNTER DRUCK

Unter Druck ist alles schwerer, das wusste Noah ganz genau. Zu Hause konnte er Matheaufgaben problemlos lösen. Aber bei der Klassenarbeit? Gehirn leer.

Der Lehrer tapst vorne am Pult herum wie ein Tanzbär. Schaut auf die Uhr. Sieht über deine Schulter ins Heft. Seufzt. Und die Zahlen tanzen in deinem Kopf Samba wie die Schönheiten am Strand von Rio de Janeiro.

Der letzte Gegner der Gruppenphase kam aus einem Nachbarort. Sie nannten sich Kobras.

Rohrbach hatte sie in diesem Jahr bereits zweimal geschlagen. Aber jetzt? Unter höchstem Druck?

Noah stand im Anstoßkreis und wippte nervös von einem Bein aufs andere.

Ein Gefühl kroch in ihm hoch, das er nicht kannte: Unsicherheit. Zu Hause auf der Wiese lieferte er mit Eule, Hardy und Matti Zauberfußball ab. Jede Ball-

stafette tausendmal gespielt: Lupfer, No-Look-Pässe, Freistoßtricks. Aber da sahen nicht fünfhundert Menschen zu. Und auch kein Scout von Sprintastic.
Dann der Druck – du musst gewinnen! Ein Unentschieden reicht nicht, denn die Kobras haben das bessere Torverhältnis.
Noah sah zur Bank, wo Matti hockte. Den Kopf in die Hände gestützt.
Noah hätte ihn am liebsten sofort eingewechselt. Es ging ihm nicht nur um Matti. Auch ihm selbst täte es gut, einen weiteren Freund auf dem Platz zu haben.
Eule und Hardy waren so weit weg. Yannick, Anton und Jakob waren auch starke Spieler. Aber eben nicht so vertraut.
Laut schallte der Anpfiff durch die Halle. Noah spielte den Ball zunächst in die eigene Hälfte. Sicherheit gewinnen.
Jakob schob die Kugel zu Yannick.
Yannick zurück zu Eule.
Dann Rückpass auf Hardy. Keiner wollte durch eine blöde Aktion das Spiel entscheiden.
Hardy scheuchte seine Leute mit ausgestreckten Armen nach vorne.
Unwillig trabte Noah in Richtung Strafraum.
Hardy pöhlte die Murmel quer über den Platz.

Yannick erreichte sie, nahm mit der Brust an, aber der Ball versprang.
Jetzt rollte der Angriff der Kobras. Zwei glanzvolle Siege steckten in ihren Eingeweiden. Jeder Pass kam an. Ihre ganze Körpersprache zeigte: Diesmal machen wir euch kalt!
Mühelos kombinierten sie sich durch das Mittelfeld. Zwei Kobras kämpften sich durch und stürmten auf den Kasten von Hardy zu.
Im letzten Moment grätschte Eule dem vorderen Angreifer den Ball vom Fuß. Bekam dafür aber einen ordentlichen Tritt ab. „Au!", schrillte Eules Schrei durch die Halle. Er griff sich ans Schienbein, wo sich bereits ein dickes Ei bildete.
„Auswechseln?", rief ihm der Trainer zu.
Aber Eule schüttelte verbissen den Kopf.
Er humpelte zwar, doch er ließ auch im weiteren Spielverlauf nichts anbrennen. Eine Angriffswelle nach der anderen endete an seinem Schuh.
„Pressing!", forderte Wenzel. „Pressing!"
Noah und Yannick standen ihren Gegnern förmlich auf den Füßen. Aber eigene Torchancen sprangen dabei kaum heraus.
Einmal zirkelte Noah einen Ball scharf aufs Tor. Halbhoch. Doch im letzten Moment ging ein Abwehrspieler mit dem Kopf dazwischen.

AU!

In der zweiten Halbzeit zermürbten ein paar Glanztaten von Hardy die Kobras endgültig. Ihre Kräfte schienen zu schwinden.

Kurz vor Schluss bewies Eule Mut. Aus dem eigenen Strafraum kommend, umdribbelte er Freund und Feind und drosch das Leder aus kurzer Distanz ins Tor.

Zwei Minuten später war Schluss.

Umjubelt von seinen Mannschaftskollegen humpelte Eule vom Platz.

„Bärenstark!", lobte der Trainer ihn. „Du scheinst der Mann für die wichtigen Tore zu sein."

Alle freuten sich. Nur Matti hockte regungslos auf der Bank. Der Trainer hatte ihn wieder nicht eingewechselt.

KAPITEL 12

EIN HUNDSGEMEINES ANGEBOT

So süß der Erfolg auch war, er hatte einen bitteren Nachgeschmack.
Noah, Eule und Hardy standen im Endspiel. Eine weitere Chance, den Scout von Sprintastic auf sich aufmerksam zu machen. Aber nicht für ihren Freund Matti. Gegen den FC Kickers würde der Trainer ihn wieder nicht von Anfang an bringen.
„Vorhin beim Anstoß habe ich es genau gespürt", verriet Noah den anderen beiden. „Matti kann sich so blöd benehmen, wie er will. Er bleibt mein Freund."
Eule und Hardy nickten zustimmend.
„Und zu Freunden muss man halten, in guten wie in schlechten Zeiten. Wir sollten ihn jetzt wenigstens trösten."
Die drei klapperten die ganze Halle nach Matti ab, aber er war nirgends zu finden. Auch Eules Eltern und Noahs Mutter hatten ihn nicht gesehen.
„Der ist schon nach Hause", vermutete Hardy. „Er

hat doch so groß getönt, dass er sicher ins Camp kommt. Und jetzt spielt er nicht mal in der Vorrunde mit."

Eule polierte seine Brillengläser. „Ist doch klar, der schämt sich."

Als sie durch den Gang mit den Umkleidekabinen gingen, drang plötzlich eine bekannte Stimme zu ihnen durch. Mattis!

Sie kam aus dem Raum, an dem UMKLEIDE FC KICKERS stand.

„Hat der sich verirrt?", feixte Hardy. Doch Noah legte den Zeigefinger an die Lippen.

Die Tür der Kabine war nur angelehnt. Durch einen schmalen Spalt war Matti deutlich zu sehen. Und vor ihm stand der Trainer der Kickers.

„Seit zwanzig Jahren trainiere ich die Kickers", hörten sie den Mann flüstern. „Noch nie haben wir hier gewonnen. Jetzt höre ich auf. Ein Sieg wäre das schönste Abschiedsgeschenk!"

Er sah Matti scharf an. „Mein Angebot von neulich gilt noch immer: Wenn du dafür sorgst, dass Rohrbach verliert, kriegst du die Blankoeinladung zum Camp. Ein Eigentor kann schließlich jedem mal passieren, oder nicht?"

Noah beugte sich ein Stückchen vor, um besser sehen zu können.

Matti schien förmlich in sich zusammenzusinken. Stand da wie ein Häufchen Elend.
Mit einem bösen Grinsen fügte der Trainer hinzu: „Wenn du nicht mitziehst, war's das mit deinen Fußballträumen. Das ist dir doch klar, oder?"
Drinnen blickte Matti zu Boden. Geknickt. Und leichenblass.

Draußen traf Noah fast der Schlag. „Deshalb war er also so sicher, dass er mitfährt!"
Eule verpasste ihm einen Knuff in die Rippen. „Psst!" Zum Glück bekam der fremde Trainer davon nichts mit.
„Nun komm schon, Junge!", sagte er kumpelhaft. „Schlag ein! Wenn du erst mal in der Bundesliga spielst, denkst du an solche Kleinigkeiten nicht mehr zurück. Was meinst du, wie es bei den Großen zugeht?" Er grinste wie ein Krokodil. „Wie heißt es doch so schön? Jeder ist sich selbst der Nächste. Denk an dich. Nicht an deine Mannschaftskameraden!"
Noah starrte die ausgestreckte Hand dieses Fieslings an. Alles andere in der Kabine verschwamm vor seinen Augen. Diese Hand wollte ihre Niederlage besiegeln. Auf unfaire Weise.
Noah war auf hundertachtzig. Was ist ein Sieg wert, wenn ich weiß, dass ich betrogen habe?, dachte er. Jedes Mal, wenn ich an dem Pokal vorbeikomme, wird er mich daran erinnern, dass ich ein Schwein bin.
„Nein, dann lieber auf faire Weise Zweiter werden!", murmelte er.
Wütend stampfte Noah auf. Verlor das Gleichgewicht. Und musste sich an der Tür abstützen, um

nicht umzufallen. Dabei drückte er den Spalt mit einem Krachen zu.
So schnell sie konnten, rannten die drei den Gang entlang und versteckten sich im Putzmittelraum. Noah sah durchs Schlüsselloch.
Der Trainer steckte seinen Kopf aus der Kabine. Sah nach links und rechts und verschwand wieder hinter der Tür. Den Handschlag von ihrem ehemaligen Freund mit dem Trainer der Kickers bekamen sie deshalb nicht mit.
„Ist besser so!", schnaubte Noah. „Wahrscheinlich wäre ich sonst in die Kabine gestürmt und hätte Matti gewürgt. So ein Verräter! Mit dem rede ich kein Wort mehr."
Eule holte tief Luft. „Wir wissen doch gar nicht, wie er geantwortet hat. Weil ein gewisser Jemand die Tür zugeknallt hat."
Sie sahen Hardy an. Enttäuscht stand er zwischen zwei feuchten Schrubbern. „Meint ihr wirklich, Matti würde uns so was antun? Immerhin sind wir seine besten und ältesten Freunde."
Noah trat gegen einen Putzeimer. „Na und? Der will Karriere machen!"
Eule lachte bitter. „Du etwa nicht? Du hast dich auch einen Scheiß darum gekümmert, ob mich der Verein aufnimmt oder nicht. Schon vergessen?"

Noah wollte Eule schon einen Faustschlag verpassen. Irgendwo musste sein Zorn einfach hin. Der Gedanke an seine ersten Tage beim Training in Rohrbach – ohne Matti, Hardy und Eule – schmerzte einfach noch immer. Noah konnte es nicht haben, daran erinnert zu werden.

Zum Glück ahnte Hardy, was gleich passieren würde, und ging dazwischen.

„Langsam, ja?", ermahnte er seinen Kapitän. „Eule hat dir nichts getan! Und Matti auch nicht. Noch nicht."

Eule setzte seine Brille ab und polierte sie nervös. „Jeder ist so lange als unschuldig anzusehen, bis seine Schuld bewiesen ist", leierte er herunter. „So sagen sie es immer in den Krimis aus Amerika. Und so sollten wir es auch mit Matti machen."

Hardy lachte. „Und zuallererst sollten wir endlich aus dem Putzraum rausgehen. Sonst riechen wir gleich beim Spiel alle nach Scheuerpulver."

Noah öffnete die Tür. Am Ende des Gangs sah er gerade noch Matti in die Halle schlurfen.

Noah schnaubte nur verächtlich. „Der verrät uns. Da gehe ich jede Wette ein!"

KAPITEL 13

HAIFISCHBECKEN

„Trainer! Trainer!" Noah stürmte wie ein ICE auf freier Strecke auf Christian Wenzel zu. „Trainer, Sie dürfen Matti heute nicht einwechseln! Er will nämlich …"

Weiter kam er nicht. Eule trat ihm kräftig auf den Fuß und blickte ihn warnend an.

„… bis seine Schuld bewiesen ist!", zischte er Noah zu, giftig wie eine Wasserkobra.

Der Trainer bekam es zum Glück nicht mit.

„Jungs, die Aufstellung mache ich. Nicht die Spieler", antwortete Christian Wenzel cool. „Matti hat ohne Murren den ganzen Tag auf der Bank gesessen. Nach der Pause kommt er rein. Das hat er sich mehr als verdient." Er stutzte. „Ich dachte, Matti ist euer Freund?"

Noah ließ nicht locker. „Ja, aber er will doch …"

Hardy und Eule zogen ihn mit vereinten Kräften an die Seite.

„Ist schon gut, Trainer!“, rief Eule zurück. Dann nahmen sie sich Noah vor.

„Hör mal“, schimpfte Hardy, „wenn Matti uns verrät, ist das unter aller Sau. Aber verpetzen geht gar nicht.“

Eule ließ Noah los. „Außerdem wissen wir doch gar nicht genau, ob er eingeschlagen hat. Selbst wenn: Ich könnte ihn sogar ein bisschen verstehen. Was meint ihr, wie ich mich gefühlt habe, als ich nicht in den Verein durfte. Wie der größte Loser der Welt. Ich hätte *zehn* Eigentore geschossen, nur um dabei zu sein.“

Noah atmete tief durch. Nur nicht wieder sauer werden. „Okay, dann müssen wir eben so gut spielen, dass Matti das Spiel gar nicht entscheiden kann. Fünf Eigentore hintereinander, das fällt auf.“

Doch auf dem Platz waren Sprüche nichts mehr wert. Jedes Spiel begann mit 0:0. An einem guten Tag konnten auch Bäcker und Schreinergesellen den deutschen Meister schlagen. Selbst Bayern München war schon mal in der ersten Runde des DFB-Pokals ausgeschieden. Gegen ein Kaff mit eintausendfünfhundert Einwohnern. Und die FC Kickers waren leider keine Fliegenfischer. Die verstanden was von Fußball. Auch ohne Verräter in den eigenen Reihen würde es literweise Schweiß kosten, diese Jungs zu besiegen.

Ein fieses Tröten schallte aus den Lautsprechern. Das Signal für die Mannschaften einzulaufen.
Wenzel warf seine erste Garnitur ins Haifischbecken: Yannick, Noah, Jakob, Eule und Hardy.
Ein kleiner Flitzer namens Johannes ersetzte Anton in der Abwehr, der vom letzten Spiel völlig ausgepumpt war.
Der Schiedsrichter ermahnte beide Teams noch einmal, fair zu spielen. Um seine Worte zu unterstreichen, zog er die Gelbe Karte ein Stück aus der Brusttasche.
Fünfhundert Zuschauer grölten und jubelten, als die beiden Kapitäne ihre Wimpel austauschten.
Als Schädel ihn angrinste, begannen Noahs Nerven zu flattern. Der Kerl war gut, das musste er zugeben. Leider. Eine Torfabrik auf zwei Beinen. Mit einem Eisenschädel. Wusste immer, wo das Tor stand. Schoss aus jeder Lage drauf. Hielt den Kopf hin, auch wenn's wehtat.
Und er hatte zwei Hattricks in einem Spiel erzielt. Ein Typ, der keine Gnade kannte. Jeden plattmachte, der ihm in die Quere kam.
Wenn der Scout nur einen Stürmer suchte, würde es für Noah eng werden.
Jetzt legte Schädel die Kugel auf den Anstoßpunkt.

Noah war eines klar: Du musst das Spiel deines Lebens machen. Es geht ums Camp!
Der Scout zückte Stift und Block.
Der Schiri nahm die Pfeife in den Mund. Pfiff. Und dann brach die Hölle los.

KAPITEL 14

WIE VERHEXT

Bis über beide Ohren grinsend walzte Schädel auf Noah zu.

Noah biss sich auf die Lippen. *Das Spiel deines Lebens!* Er war versucht, dem Koloss auszuweichen. Reiner Überlebensinstinkt. Einem Nashorn mach besser Platz. Aber dann besiegte Noah die Angst.

„Ich bin hier die Nummer eins!", schmetterte er Schädel entgegen. „Stell dich gefälligst hinten an!"

Und *Zack!*, spitzelte Noah einem verblüfften Schädel den Ball vom Fuß.

Noah schlug einen Haken, zog dann nach innen.

Der Junge im Kasten vernachlässigte die Torwartecke. Mit einem weiteren Kunstschuss würde Noah ihn überwinden. Ein Tor mehr auf dem Konto – vielleicht.

Da nahm er hinter sich einen Schatten wahr. Yannick. Noah legte quer. Und Yannick haute die Kugel unhaltbar ins Netz.

Hardy sprang hoch wie ein Känguru und rief: „Weiter so! Keine Chance lassen!"
Noah beobachtete, wie der Trainer der Kickers Matti einen Blick zuwarf.
Wieder rollte der Schädelexpress. Doppelter Doppelpass mit einem Linksfuß in der Mitte. Der tankte sich an Jakob vorbei auf die Abwehr zu.
Eule war schon geschlagen, aber Johannes drosch den Ball im letzten Moment auf die Ränge.
„Rohrbach! Rohrbach!", brüllten die Zuschauer.
„Kickers! Kickers!", konterte eine kleine Gruppe mitgereister FC-Fans.
Zwei Minuten später machten es die Kickers besser. Ihr Abwehrspieler rannte bis zur Grundlinie durch und zirkelte den Ball mit einer Bananenflanke in den Strafraum.
Eule konnte sich strecken, wie er wollte. Er kam nicht dran.

Schädel hingegen hielt die Stirn hin und brauchte nur einzunicken.
1:1.
„Pressing!", feuerte Wenzel sie an. „Immer gleich auf den Mann gehen!"
Doch die Kickers hatten nicht durch Zufall alle bisherigen Gegner überrollt. Sie konnten spielen. Kombinierten flüssig. Ließen die Rohrbacher hin und wieder ganz schön alt aussehen. Aber spätestens bei Hardy war Endstation.
Noah schwitzte. Eule hatte eine hochrote Birne. Sie gaben alles. Doch auch Rohrbach wollte lange kein zweites Tor gelingen.
Dann schickte Johannes einen Pass übers halbe Spielfeld. Genau in den Lauf von Yannick, der aus vollem Lauf abzog.
Wamm! 2:1.
Die Halle tobte.
So ging es in die Pause.
Christian Wenzel war voller Lob für seine Jungs.
„Super Kombi-

nationen, Leute. Und Einsatz, bis die Lunge pfeift. Es steht auf Messers Schneide." Er sah in die Runde. „Ich weiß nicht, was *ihr* wollt. Aber ich will das Ding da!"

Der Trainer zeigte auf einen silbernen Henkelpott. Kein schöner Pokal, aber wen interessierte das?

Dann kam das Unvermeidliche: Wenzel nahm Jakob raus und brachte Matti.

Erst wollte Noah Matti nicht ans Leder lassen. Ohne Ball kein Eigentor. Doch dann dachte er an die Zeiten auf der Wiese. Wo sie sich blind verstanden hatten. Matti wusste immer, wo sein Freund war. Und mit seinen Flanken konnte er dem Capitano die Pickel von der Nase schießen. So punktgenau kamen sie.

Warum glaubte er bloß nicht an sich? Nur wegen Yannicks blöden Sprüchen?

Noah blieb keine Zeit, weiter über diese Frage nachzudenken. Schon wetzten zwei Kickers auf ihn zu.

„Ran!", tobte Wenzel an der Außenlinie. „Immer sofort rangehen!"

Noah nahm sich einen der beiden vor.

Matti den anderen.

Doch ein dritter Spieler schlüpfte zwischen ihnen hindurch, wurde steil geschickt und pfefferte den Ball in die Mitte. Zu Schädel.

Schädel holte aus. Täuschte einen Schuss an.

Kaum flog Hardy los, gab er butterweich an einen Mitspieler weiter.

Beinahe wäre Hardy mit dem Fuß noch dran gewesen. Aber es klingelte.

2:2.

Verbissen rannten nun beide Teams auf die Tore zu.

Matti traf einmal den Pfosten, Noah die Latte.

Auf der anderen Seite köpfte Schädel Hardy genau vor die Brust.

„Alter, mich hat 'ne Kanonenkugel erwischt", stöhnte Hardy.

Kurz vor Schluss der Schreckmoment. Schädel eroberte den Ball im Mittelfeld.

Yannick wich ihm aus.

Der riesige Angreifer sprintete schon wieder Richtung Hardy.

Doch Matti hatte aufgepasst. Er grätschte Schädel den Ball vom Fuß. Fair, ohne das Bein des Gegners zu berühren.

Die Zuschauer jubelten.

Der Scout machte sich eine Notiz in sein Heft.

Noah bemerkte den Blick, den Matti dem Trainer der Kickers zuwarf. Der bedeutete sicher: So auffällig kann ich es nun auch wieder nicht machen.

Dann Abpfiff.

„Zweimal fünf Minuten Verlängerung!", rief der

Schiri. Die Luft war geladen wie vor einem Gewitter. Und Noah wollte es so richtig krachen lassen – mit dem entscheidenden Tor.
In der ersten Halbzeit der Verlängerung tat sich nichts. Jedes Team wusste: Wer einen Fehler macht, hat verloren.
Die letzten Minuten brachen an. Der Ball wanderte von links nach rechts. Dann stürmte Eule mit vor. Baute mächtig Druck auf.
Noah schnappte scharf nach Luft, als Eule Matti den Ball zuspielte. Er sah schon vor sich, wie Matti den Ball zurückdonnerte. So tat, als wollte er einen aus ihrer Mannschaft anspielen – und dabei *zufällig* das eigene Tor traf.
Aber das passierte nicht. Noch nicht. Matti lief ein paar Schritte mit dem Ball, schlug einen Haken, spielte dann aber doch ab.
Yannick wechselte urplötzlich die Seite und tauchte links auf. Sein Gegenspieler stolperte verdattert über den Platz. Yannick spielte quer auf Noah.
Noah fackelte nicht lange. Zielte etwas tiefer als beim letzten Schuss und machte das 3:2.
Kurz vor Schluss.
Er sah, wie der Scout anerkennend nickte. Sah, wie seine Mutter vor Freude aufsprang.
Außer sich riss er die Faust in die Luft. Vier Finger

hatten sie bereits am Pokal. Jetzt musste nur noch …
In diesem Moment wurde es in der Halle laut.
Noah fuhr herum.
Zwei Kickers liefen auf Hardy zu. Schoben den Ball hin und her.
Schädel machte einen Übersteiger.
Eule rutschte unter seinem Bein hindurch gegen die Bande. *Krawosch!*
Schädel passte zur Eckfahne.
Sein Mitspieler zog nach innen und haute voll drauf. Traf das Lattenkreuz. *Womm!*
Der Ball prallte ab, sprang Johannes an den Hinterkopf und durch Hardys ausgestreckte Arme ins Tor.
Es war wie verhext! 3:3 durch so ein Unglückstor. Und Matti hatte nicht das Geringste damit zu tun. Niemand konnte ihm die Schuld in die Schuhe schieben. Nicht einmal Noah …
„Elfmeterschießen", verkündete der Schiri. „Jede Mannschaft fünf."
Noah, Eule und Hardy sahen sich geschockt an. Sie waren fünf Feldspieler. Das hieß ja wohl: Auch Matti würde schießen …

KAPITEL 15

AUSGERECHNET ELFMETERSCHIESSEN!

„Wer schießt zuerst?" Christian Wenzel blickte von Spieler zu Spieler.
Da sich niemand meldete, zeigte er auf seinen Sohn. „Yannick. Dann Eule, Noah, Johannes. Und …"
„Ich!", brüllte Hardy dazwischen. „Auf der Wiese schieße ich viele Elfer."
Eule und Noah beeilten sich zu nicken. „Und die hält keiner von uns."
Matti protestierte wild. „Aber ich will auch!"
„Klar will er", raunte Noah seinen Freunden zu. „Und haut dann den Ball in die Wolken."
Johannes hob den Finger. „Kann Matti nicht für mich schießen, Trainer? Ich fühle mich heute nicht so sicher."
Wenzel legte ihm den Arm um die Schultern. „Gut, dass du so mutig bist, dich zu melden. Also, Matti. Du bist unser fünfter Schütze. Los geht's!"

„Verdammter Mist!“, presste Noah hervor. „Schlimmer konnte es nicht kommen.“

Hardy lachte bitter. „Dann müssen wir die Sache eben schon vorher entscheiden. Wenn wir 4:0 führen, tritt der Letzte gar nicht mehr an.“

Der Schiri warf eine Münze.

Yannick gewann und bestimmte, dass der FC Kickers den ersten Schuss abgeben sollte.

Hotte, der Torwart der Kickers, wählte das Tor.

Der erste Schütze der Kickers ließ Hardy keine Chance.

0:1.

Yannick legte sich als Nächster den Ball zurecht.

Elfmeterschießen hieß das Spiel. In der Halle aber war der Punkt nur sieben Meter vom Kasten entfernt. 0,3 Sekunden dauert es, bis ein perfekt getretener Ball sieben Meter zurücklegt. 0,3 Sekunden Reaktionszeit für den Keeper. Er kann nur zum Helden werden. Der Schütze jedoch für alle Zeit zum Deppen.

Yannick schnaufte tief durch, dann haute er den Elfer ins Netz. Völlig humorlos, unten rechts.

1:1.

Applaus brandete auf.

Hardy machte sich auf der Linie breit wie ein Wohnzimmerschrank. Seine Arme waren überall zugleich.

Der Kicker schoss und *Zack!* faustete Hardy mit links den Ball bis unter die Hallendecke.
Fehlschuss. Es blieb beim 1:1.
Dann kam Eule an die Reihe. Eule starrte Hotte an wie eine Schlange das Kaninchen, bevor er den Ball in die linke untere Ecke schob. Haltbar – wäre Hotte nicht in die rechte Ecke gesegelt.
2:1 für Rohrbach!

„Es hat auch Vorteile, wenn man so schielt!", rief Eule lachend. „Der Torwart rät nie, in welche Ecke ich schieße."
Die Zuschauer begannen nun rhythmisch zu klatschen. Betty, Eules Schwester, bildete mit Daumen und Zeigefinger einen Kreis und pfiff lautstark.
Der dritte Schütze der Kickers schoss in die Mitte. Genau durch Hardys Beine.
Nur noch 2:2. Alles wieder offen.
Noah dachte an den Elfer vor ein paar Tagen. Als sein Vater genau im falschen Augenblick angerufen hatte. Jetzt hatte er natürlich kein Handy in der Tasche. Aber der Gedanke an Luiz nahm ihm die Angst zu versagen.
„Los, Capitano!", feuerte Eule ihn an.
Mit einem Kunstschuss markierte Noah das 3:2.
Der vierte Schütze der anderen traf auch.
3:3.
Dann musste Hardy ran. Als Schütze.
„Wird schon schiefgehen!", hörte Noah ihn murmeln. Dreimal kullerte der Ball vom Punkt herunter. Angstschweiß bildete sich auf Hardys Stirn. In Trippelschritten lief er an. Dann drosch er den Ball mit der Picke in die Ecke.
Hotte flog. Und hielt die Pille fest. Kein Tor.
Die Kickers umarmten sich gegenseitig.

Nun war es wieder ausgeglichen, jedes Team hatte einen Schuss verballert.
Hardy sackte auf die Knie. „Was bin ich für ein Idiot!", fluchte er.
„Was für eine Spannung!", trötete es über die Lautsprecher. „Bringen die nächsten beiden Schüsse die Entscheidung?"
Die Zuschauer brüllten durcheinander.
„Jetzt machst du die Sache wieder gut!", rief Wenzel Hardy zu und drückte ihm die Daumen.
Doch der letzte Schütze der Kickers war Schädel.
Schädel schoss scharf wie Chilisoße.
Hardy riss fast die Hand ab.
3:4.
Noah sah zu Eule und Hardy, der noch am Boden lag. Sie waren kreidebleich.
Ihr größter Albtraum war wahr geworden: Matti hatte die Entscheidung auf dem Fuß. Wenn er verschoss, waren die Kickers Turniersieger.

KAPITEL 16

DIE ENTSCHEIDUNG

In der Halle startete ein Düsenjet. So hörte es sich jedenfalls an. Die Menschen stampften auf den Boden und grölten lautstark.

Die Fans der Kickers, weil sie Matti verunsichern wollten.

Die Rohrbacher, um Matti anzufeuern.

Hardy hatte sich umgedreht.

Eule starrte zu Boden.

Noah hielt sich die Hand vor die Augen. Traute sich kaum hinzusehen. Durch die Ritzen zwischen den Fingern beobachtete er atemlos, wie Matti sich den Ball zurechtlegte. Er wirkte cool wie ein Eiszapfen. Natürlich, dachte Noah. Er muss ja auch nicht aufgeregt sein. Er verschießt das Leder sowieso.

Matti nahm Anlauf. Ein Schritt. Zwei Schritte. Drei Schritte.

Die Rufe der Zuschauer ließen die Erde beben. Keiner saß mehr ruhig auf seinem Platz.

Noah nahm die Hände herunter und biss sich auf die Innenseite der Wangen. Hier ging es um mehr als um einen dämlichen Pokal aus goldfarbenem Blech. Wenn Matti diesen Ball danebensetzte, war ihre Freundschaft unwiederbringlich zerstört. Vorbei die Nachmittage und Wochenenden auf der Wiese. Schluss mit den Treffen im Bauwagen. Basta. Sense. Schicht im Schacht. So einen Verrat konnte man niemandem jemals verzeihen.

Noah bemerkte, wie Hotte im Tor Matti zuzwinkerte. Denk an die Abmachung!, bedeutete das ganz sicher.

Ihm war, als würde Matti kaum merklich nicken.

Dann lief Matti los. Er traf den Ball mit dem Vollspann und haute ihn in die Maschen.

Hotte sprang in die falsche Ecke und es stand 4:4. Mattis Schuss hatte Rohrbach im Spiel gehalten.

„Das gibt's doch nicht!", jubelte Noah.

Auch die Halle stand Kopf.

Wenzel und die anderen von der Bank riefen: „Matti, Matti, Matti!"

„Unentschieden", quakte es aus den Lautsprechern. „Zwei neue Schützen versuchen ihr Glück."
Hardy war wieder gefragt.
Hotte musste ran. Er schoss platziert, doch Hardy umkrallte den Ball im Flug und riss ihn an sich. Wie eine Mutter ihr Baby bei Gefahr.
Dann musste Johannes doch noch antreten.
Wieder stand das Spiel auf Messers Schneide, aber diesmal mit besseren Vorzeichen für Noah und Co.
Johannes fackelte nicht lange. Aus dem Stand hob er den Ball unters Lattenkreuz. Hotte zuckte nicht einmal.
Der Schiri pfiff und zeigte auf den Anstoßpunkt.
„Sieger ist Rohrbach. Gratulation!", brüllte der Hallensprecher.
Eule, Noah und Hardy brauchten sich nicht absprechen. Sie hatten oft genug miteinander gespielt, um jeden Schritt des anderen zu kennen.
Zu dritt rannten sie durch die Halle und stürzten sich auf Matti. Wie ein gesprengter Fern-

sehturm knallte Matti zu Boden. Eule, Noah und Hardy schmissen sich auf ihn drauf.
„Mann, du Penner!", brüllte Noah. „Wolltest uns wohl Angst einjagen, was?"
Eule drückte Matti fest an sich. „Manchmal hast du seltsame Ideen."
Und Hardy japste: „Alter, ich dachte schon, wir hätten dich nicht gut erzogen."
Als Matti sich freigekämpft hatte, sah er alle drei an, als wären sie gerade vom Mars gelandet. „Was redet ihr da für einen Quatsch?"
Eule rückte seine Brille gerade. „Wir haben dein Gespräch mit dem Trainer der Kickers belauscht", gestand er kleinlaut. „Und manche von uns dachten, du schießt den Elfer extra daneben …"
Matti hockte sich auf den Hallenboden. „Das Angebot war verlockend, das muss ich zugeben. Aber dann habe ich mir gedacht: Was nützt mir das Camp, wenn ich dafür Freunde wie euch verliere? Lieber ehrlich verloren, als unehrlich gewonnen!"
Noah lachte. „Aber noch besser ist: Lieber ehrlich gewonnen, als unehrlich verloren!"
Hardy, Eule und Matti stimmten in das Gelächter mit ein. Hardy, Eule und Matti – die besten Freunde, die man auf der Welt finden konnte!

KAPITEL 17

ÜBERRASCHUNG

Noah, Eule und Hardy hoben Matti hoch und drehten mit ihm eine Ehrenrunde.

Yannick, Anton, Jakob und die anderen packten sich Johannes und rannten ihnen hinterher.

Die Halle bebte noch, als der Bürgermeister schließlich mit dem Pokal in den Mittelkreis ging.

Beide Mannschaften stellten sich links und rechts von ihm auf. Die einen mit roten Gesichtern vom Jubeln. Die andern mit roten Augen vom Heulen.

Nur der Trainer der Kickers ließ sich nicht mehr blicken. Eules Schwester meinte später, er sei nach Mattis Schuss aus der Halle gestürmt und nicht wiedergekommen.

„War das ein Krimi!", rief der Bürgermeister ins Mikrofon. Danach folgte langweiliges Gelaber, bis er endlich den Pokal in die Hand nahm und ihn Yannick in die Arme drückte.

Yannick riss ihn in die Luft, was mit tosendem Applaus quittiert wurde. Dann reichte er den Henkelpott weiter an Noah.

Keinen dämlichen Pokal aus goldfarbenem Blech. Sondern *den* Pokal. Den wahnsinnig wichtigen Pokal. Den Pokal, der nicht nur für sauguten Fußball stand. Sondern für ihre unzerstörbare Freundschaft.

Als Noah ihn hochstemmte, dachte er an seinen Vater. „Wir sehen uns in Brasilien, Papa", flüsterte er. Danach küsste er das kalte Metall.

Eule brach unter dem schweren Pokal beinahe zusammen. „Da ist das Ding!", brüllte er den Zuschauern zu. Die Fans lachten und klatschten ausgelassen. Nach ihm schnappten sich noch Hardy und die anderen den Pokal. Als er schließlich bei Matti landete, brach es Noah fast das Herz. Matti hatte sich für sie entschieden und somit gegen einen sicheren Platz im Fußball-Camp.

Als die Spieler des FC Kickers ihnen brav gratuliert

hatten, stieg der Scout von Sprintastic die Stufen der Tribüne herab. In der Hand sein dickes Notizbuch.
„Glückwunsch auch von mir", sagte er ins Mikrofon. „Der Pokal geht an Rohrbach. Aber ich habe auch noch etwas zu verteilen."
In der Halle wurde es mucksmäuschenstill. Die Anspannung war förmlich mit Händen zu greifen.
„Ich habe heute Pässe gesehen, da könnte so mancher Profi noch was lernen", fuhr er fort. „Deshalb dürfen sich gleich mehrere Spieler freuen."
Er winkte mit einem Stapel Briefumschlägen. Einladungen zum Camp.
Noahs Herz begann zu rasen. Jetzt hieß es alles oder nichts.
„Die erste Einladung geht an Stefan vom FC Kickers."
Schädels Augen begannen zu glänzen. Brav nahm er den Umschlag entgegen.
„Du weißt, wie sich ein Stürmer durchsetzen muss", lobte ihn der Scout. „Bist treffsicher und robust. Ich würde mich freuen, wenn du im Camp dabei bist."
Dann blickte er zur anderen Seite. „Und nun zum Siegerteam. Bei euch haben mich gleich drei Spieler beeindruckt."
Noah biss sich auf die Unterlippe. „Drei", murmelte er, „nicht vier …"

„Noch ein Stürmer: Noah."
„Ja!", brüllte Noah aus voller Kehle und machte einen Luftsprung.
„Allein dein Kunstschuss im ersten Spiel war schon eine Einladung wert. Aber auch später hast du mir gut gefallen. Tolle Spielübersicht, stets ein Auge für den Mitspieler, torgefährlich. Wir sehen uns wieder."
Er öffnete den nächsten Umschlag. Etwas verwirrt stierte er auf seinen eigenen Zettel.
„Hier steht ein Tier beim Spielernamen: Eule."
Jetzt brüllten die Zuschauer vor Lachen.
Eule blickte ungläubig drein. „Ich?"
Der Scout lachte auch. „Aber klar! Du bist spitze im Spielaufbau und hältst den Strafraum sauber. Außerdem bist du immer gut für ein Tor – und das als Verteidiger."
„Eule, wir lieben dich!", rief jemand auf der Tribüne. Betty, Eules Schwester.
„Dann mach öfter meine Hausaufgaben!", brüllte Eule zurück.
Die Zuschauer johlten.
Der Scout räusperte sich. „Und der Letzte, den ich ins Camp einlade, ist …"
Für Noah war die Sache klar: Der nächste Umschlag musste an Hardy gehen. Ohne ihn hätten sie niemals

den Pokal ergattert. Es nicht mal in die dritte Runde geschafft.
Das schien auch Hardy zu denken, denn er ging einen Schritt auf den Scout zu. Hob bereits leicht die Hand, um die Einladung entgegenzunehmen.
„... Matti!"
Hardy fiel die Kinnlade herunter.
Matti auch. Mit zitternden Knien holte er sich den Wisch.
Die Eintrittskarte ins Glück.
„Das ganze Turnier über hast du ohne Murren auf der Ersatzbank gesessen. Aber als du gebraucht wurdest, warst du sofort hellwach. Und Nerven wie Drahtseile hast du. Den entscheidenden Elfmeter reinzumachen, alle Achtung!"
Den letzten Umschlag reichte der Scout an Christian Wenzel weiter. Die Blankoeinladung, die der Trainer der Siegermannschaft vergeben durfte.
Einen Moment lang hoffte Noah, Christian Wenzel würde den Freischein an Hardy weitergeben. Aber natürlich wählte er Yannick, seinen Sohn.
Tränen schossen Hardy ins Gesicht. „Darf der Trainer das? Die Einladung seinem Sohn geben?"
Der Scout zuckte die Achseln. „Warum nicht? Yannick hat super gespielt. Du übrigens auch, Reinhard. Außerordentlich gut." Er atmete tief durch. „Aber

ich habe bereits sechs Torleute eingeladen. Und sieben brauchen wir im Camp nicht."
Er legte Hardy die Hand auf die Schulter. „Du wirst trotzdem deinen Weg gehen, da bin ich mir sicher."
Hardy nickte schniefend.
Draußen vor der Halle umarmte er seine Freunde. „Auch wenn ich schwer neidisch bin: Ich freue mich für euch. Das habe ich geschworen und ich meine es ernst. Aber schreibt mir ab und zu, ja?"
Matti klopfte ihm tröstend auf die Schulter. „Traurig ist es trotzdem. Aber bis Ostern werde ich dir noch beibringen, wie man Elfer todsicher reinhaut."
Noah, Eule und Matti lachten. Sogar Hardy konnte schon wieder lächeln.
Ihre Freundschaft war auf eine harte Probe gestellt worden. Aber sie hatte gehalten – und das würde sie auch bis in alle Ewigkeit. Da war sich Noah bombensicher.

© Milena Paulovics

Fußball war schon immer *THiLOs* Leidenschaft. Mit neun Jahren schoss er als Stürmer unzählige Tore und war Mannschaftskapitän. Heute schreibt er Geschichten für Kinder und Drehbücher fürs Fernsehen. Für seinen Roman zum Film „Wickie und die starken Männer" gewann er den österreichischen *Buchliebling*. Seine Lieblingsmannschaft: Mainz 05. Da steht er jede zweite Woche im Stadion.

Mehr über THiLO gibt es unter *www.thilos-gute-seite.de*

Kaum einer bringt Ballkünstler so treffsicher aufs Papier wie *Jürgen Rieckhoff*. Sein Handwerk lernte er in Hamburg an der FH für Gestaltung. Heute illustriert er Kinderbücher und lehrt als Professor der Hochschule Anhalt Zeichnen und Darstellungstechnik. Im Gegensatz zu seinem Hund und seiner Katze jagt er selbst keinen Bällen hinterher. Aber er drückt seinen Lieblingsvereinen HSV und FC St. Pauli bei jedem Spiel fest die Daumen.